名家小品

張肖

中国书店

图书在版编目（C I P）数据

名家小品 ： 张省 / 张省著. — 北京 ： 中国书店，2016.1
ISBN 978-7-5149-1046-9

Ⅰ. ①名… Ⅱ. ①张… Ⅲ. ①水墨画—作品集—中国—现代 Ⅳ. ①J222.7

中国版本图书馆CIP数据核字(2015)第318552号

名家小品·张省

编　　著：张　省
主　　编：陈素珍
责任编辑：李金涛
装帧设计：张云飞
出版发行：中国书店
地　　址：北京市西城区琉璃厂东街115号
邮　　编：100050
制　　作：北京得一鼎文化发展有限公司
印　　刷：北京亚通印刷有限公司
开　　本：635mm×965mm　1/16
版　　次：2016年1月第1版　第1次印刷
印　　张：11.5
印　　数：1—2000
书　　号：ISBN 978-7-5149-1046-9
定　　价：128.00元

目 录 Contents

张省教授1955年生于江苏昆山，20世纪70年代求教于艺术大师张继馨、陈大羽、钱君匋、刘海粟。80年代就读及进修于扬州工艺美校、中国书画大学、清华大学美术学院。现为中国民主建国会江苏省委员会委员、农工民主党党员、广州增城区政协常务委员、中国美术家联合会常务副主席、中国书画家职称及润格审定委员会学术委员、中国美术家协会会员、中国书画名家协会名誉主席、国际商业美术设计师中国专家委员会委员、中华民间藏品鉴定委员会专家委员、人民书画院国画院副院长、中国东方国画院院长、广州大学终身教授，国家一级美术师。2005年文化部授予"优秀人民艺术家"荣誉称号，第十六届亚运会火炬手，享受国务院政府特殊津贴。

中央电视台、上海电视台、新加坡电视台、美国斯科拉电视台、广东电视台等多家电视台都有介绍画家张省专题。

在上海文艺出版社、天津人民美术出版社、上海三联出版社等多家出版社出版著作40余种。

1994年创作的巨幅长卷《烟雨江南图》长73米，宽0.77米，收入吉尼斯纪录。1998年 7月3日，香港政府选用他的作品《渔舟晨曲图》作为礼品赠送给美国总统克林顿。2007年11月6日，作品《硕果累累》作为国礼赠送给英国前首相布莱尔。

曾在上海、山东、江苏、广州、香港、台湾、新加坡、美国、德国、丹麦、法国、日本、马来西亚等多地举办个人画展20余次。《渔舟唱晚》《墨荷图》分别被中国文联办公厅和人民大会堂收藏。他的传略已载入《中国名人录》《世界名人录》《世界当代书画名人大辞典》《世界华人文学艺术界名人录》《中国书法家大辞典》《中国书法艺术欣赏》等名人丛书辞典。在专业报刊杂志发表作品400余次，并在全国性美展中多次获奖。张省美术馆于2001年由江苏省昆山市锦溪镇人民政府建立。2014年由江苏省苏州市吴中区甪直人民政府建立3500平方米的张省艺术馆。

序

当代人民艺术家张省教授，是中国画坛一位全面性的艺术人物。他的油画、水粉、素描、漆画、壁画、工艺图案、商标设计，他的白描、工笔、写意、泼彩、书法、速写、篆刻、陶艺都取得了成功就是源于他的勤奋和天赋。

张省师从刘海粟、钱君匋、陈大羽、张继馨等大师前辈，他的水墨继承了传统绘画尤其是写意花鸟画不拘成法、注重笔墨自由表现的基本特点和广纳博取的创新精神。在创作中，他注重中西方艺术的结合和传统语言的现代转换，不仅将西方现代的一些构成与色彩观念融合进自己的水墨画实践，还着意于在新的水墨实践尤其是笔墨的实验和探索中挖掘真正属于中国审美的精神旨趣。

张省的笔墨语言可以说是相当具有个人特点。他对笔墨情性的理解和表达，在中国画坛国画家中显得特别而突出，这也是他的风格。张省有了自己的笔墨理论研究和大量精美作品，得到美术界的肯定。刘海粟大师的夫人夏伊乔师母为其写下“一代传人”以示鼓励。

张省的水墨画创作及其成果，不仅是对中国绘画传统的积极延续，更是中国画现代变革实践的具体表现。传统的笔墨意韵、现代的形式表现、当代的审美旨趣等，都在张省的画中自然地融于一体，构筑出一个墨彩流溢、气韵生动的独特水墨世界。

我们已经看到了在2001年由江苏昆山锦溪镇人民政府为张省建立的张省美术馆和2014年由苏州吴中区甪直镇人民政府为张省建立的张省艺术馆，对其未来的创造性发展具有肯定的作用，政府为当地的名人建立美术馆、艺术馆，作为画家来说是得到的最高荣誉了。

我衷心地祝贺张省先生为慈善事业贡献自己的力量，中国画作品全国巡回展圆满成功。祝愿张省教授在中国绘画之路上走得更远，为弘扬中华民族文化贡献自己的力量。

清华大学美术学院博士生导师 乔十光教授
2015年1月

风景写生教学与学生人文精神、专业素养的培养

张 省

风景写生是艺术院校重要的实践教学课程，也是培养学生绘画创作与创新的必要手段。但是，当前美术专业学生的绘画基础普遍薄弱，尤其是对传统的人文精神和美学素养缺乏认识，往往对于风景写生只是以“照相机式”的观察方式和表现手法再现自然风景。从多年的写生教学实践中发现，风景写生教学能增强学生的绘画技能，有利于培养学生的人文精神和美术素养，有利于促进学生绘画创作、创新观念的形成。

一、风景写生教学应重视人文精神和专业素养的培养

速写，即快速写生，用快速的方法描绘对象。既然速写是以快速手段捕捉对象，那么只有采取概括、提炼的方法才会有效地在短时间内表现出对象的突出特征。在瞬间中决定取舍，概括在极限的用笔之中，使形象形神兼备、简洁明快、跃然纸上。速写可分为快写和慢写。所谓快写大约在五分钟至十五分之间，慢写在二十分钟至三十分钟之间。

高科技信息时代对画家最大的挑战莫过于对绘画语言的更新和对绘画形式的探究，在风景写生教学中同样也对教师提出了更高的要求。然而当前风景写生教学中广泛存在只注重写生技能的训练，忽视了对学生人文精神和专业素养的培养，因此未能完全达到风景写生教学目的。这样的风景写生教学使学生感到写生就是游山玩水，就是照抄自然中的各个物象，而使学生缺乏对传统人文精神内涵的认知和对美学知识的理解，对学生来说未免有些可惜。

所谓人文精神，就是一种重视人和重视人生价值观的态度。它以人格精神为内涵，表现为关注人的尊严、价值、命运，关注自由与平等、人与社会、自然之间的和谐等，强调人文文化和自我实现，主张民族的自尊、自持与自决。在风景写生教学中，教师不仅要培养学生对自然规律的总结和归纳，而且要培养学生对各地风土民俗的体察、对历史遗迹的考察、对民族文化精神的挖掘等，进而增强自身的艺术修养。培养学生通过自己的美术作品，来表达自我的信仰、价值、理想、伦理、道德、智慧、气质、个性等人文精神，真正地把风景写生教学作为培养学生素质和能力的途径与阵地。

在风景写生教学中，教师应强调和引导学生到自然中“师法造化”，也就是说，对自然物象进行长期的观察体味。面对自然中千变万化的景物，总结和归纳出不同自然物象的生长变化规律、生存环境以及人与自然的密切关系；学会从各个角度进行观察、分析，以便选取最佳位置来进行画面构图。黄宾虹先生说：“对景作画，要懂得‘舍’字；追写状物，要懂得‘取’字。取舍不由人，取舍可由人。”这就说明在写生中要用艺术的眼光取舍万物，也体现了“艺术源于生活，又要高于生活”的艺术创作原则。风景写生是学生对客观事物认识的深化过程，也是对审美情趣培养的过程。李可染先生指出：“只有写生才能形象地、真实而具体地深入认识客观世界，丰富和提高形象思维。”他还说：“写生是对客观事物的认识、认识、再认识，不断深化的过程，要非常认真。写生不仅对初学者，即使对成熟的画

家，也必须通过写生从自然中吸取营养，提高审美水平和形象思维能力，获得真切感受，提高艺术修养。”不仅如此，通过风景写生，学生到自然中去体验和实践才能把“师古人”与“师造化”结合起来，在对自然景物的切身感受中消化传统技法经验。

二、风景写生教学中人文精神与专业素养培养的途径

人文精神应融合到专业写生技能训练之内，专业素质也应包含人文精神素养的内涵。风景写生教学中人文精神和专业素养培养的途径有以下几个方面：

1. 重视教师的引导作用，促进学生专业素质的全面发展

韩愈在《师说》中提出：“师者，所以传道授业解惑也。”其中传道的内涵就是教师首先要教学生怎样做人，从中也反映出怎样做人比做学问更为重要。在风景写生教学中，千变万化的自然景物，它们有宏大、渺小、优美、丑陋等区别，整个自然界是那么复杂而又生生不息，表现得那么统一与和谐。学生如何正确观察和认识自然界，在此基础上进行写生训练，教师应起积极的引导作用。这就要求教师有广博的文化知识的滋养、优秀的文化传统的熏染和深刻的人生实践体验。反之，教师在写生教学中就达不到塑造人、培养人的目的，以至于风景写生教学职能仅仅局限在狭小的专业领域里。在整个风景写生教学过程中，无论是教学思想、教学理念的转变，还是教学内容、教学方法的改革，最终都要依靠师生互动与交流来实现。教师应侧重于教书育人，将人文精神教育贯穿于风景写生的全过程中，才能增强学生对自然规律及人与自然的关系的认知，才能通过风景写生完善学生的品德与人格，才能培养学生的创新思维能力，这也将对推动学生专业素质的全面发展起到重要作用。

2. 构建特色学科发展机制，弥补人文精神在风景写生教学中的缺失

传统的文化经典《大学》里讲“修身、齐家、治国、平天下”，这是中国古代传统教育培养人的基本目标。在近几年的艺术类专业扩招形势下，学生的整体文化素质偏低，出现了重专业轻文化的现象。因此，风景写生教学不能只是简单的专业知识和技能的传授，还应该包含人生观、价值观的养成。没有人生观，价值观也就没有人文精神可言。为此，应构建特色学科发展机制，在教学中强调学生要达到求人德、亲百姓、求至善的人生境界。具体来说，在风景写生教学中要注重文学、历史、艺术、思想品德、科学、社会等学科内容的渗透，以弥补人文精神在风景写生教学中的缺失。根据目前时代的发展、社会的需求，在整个美术学科教学中，增加这些相关学科的课程或讲座，切实实施人文精神的培养，这是势在必行之举。

3. 完善风景写生教学体系，提高学生的人文精神素养

风景写生只是美术学科教育体系中的一个实践教学环节，但其对整个教学过程具有较强的影响作用。在写生教学过程中涉及内容诸多，如当地的文化、民俗、历史遗迹、气候、生存环境等多方面的因素，仅凭掌握一点专业技法是无法提高自己的艺术素质的。这就是说风景写生教学必须以多学科为基础。因此，学生除技法训练外，还要加强对美术创作、美学、美术理论、美术史、美术评论及其他相关学科知识学习和运用，由技入道，由理入道，最终达到综合素质的提高和心灵的升华。

上图 春梅
23cm×55cm 2013年
设色纸本

下图 桔花
23cm×55cm 2014年
设色纸本

上图
野藤花
23cm×55cm　2014年
设色纸本

下图
白玉兰吾家园子
23cm×55cm　2014年
设色纸本

上图 水仙
23cm×55cm 2014年
设色纸本

下图 牡丹
23cm×55cm 2014年
设色纸本

上图　美人蕉
23cm×55cm　2014年
设色纸本

下图　黄　槐
23cm×55cm　2010年
设色纸本

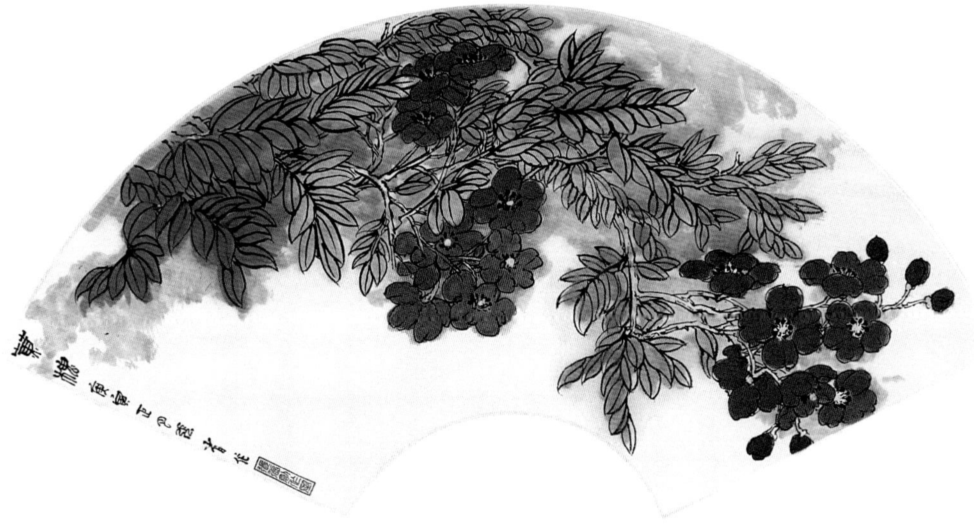

上图　秋海棠
23cm×55cm　2012年
设色纸本

下图　大黄菊
23cm×55cm　2014年
设色纸本

上图　碧　桃
23cm×55cm　2012年
设色纸本

下图　红　樱
23cm×55cm　2013年
设色纸本

上图
樱花
23cm×55cm　2012年
设色纸本

下图
辛夷
23cm×55cm　2012年
设色纸本

上图　班叶牵牛荷
23cm×55cm　2013年
设色纸本

下图　毛叶牵牛花
23cm×55cm　2014年
设色纸本

上图 鹿角杜鹃
23cm×55cm 2014年
设色纸本

下图 火棘
23cm×55cm 2014年
设色纸本

上图 凌霄
23cm×55cm 2014年
设色纸本

下图 大叶山茶
23cm×55cm 2014年
设色纸本

上图　黄婵
23cm×55cm　2013年
设色纸本

下图　金丝菊
23cm×55cm　2014年
设色纸本

上图

芍药

23cm×55cm　2010年

设色纸本

下图

复瓣茶花

23cm×55cm　2014年

设色纸本

上图 玉兰
23cm×55cm 2012年
设色纸本

下图 蟹爪菊
23cm×55cm 2012年
设色纸本

玉蘭 張省作

蟹爪菊於南屏齋張省作

上图 月季
23cm×55cm 2012年
设色纸本

下图 今箭荷花
23cm×55cm 2014年
设色纸本

上图

粉芙蓉

23cm×55cm　2014年

设色纸本

下图

大理菊

23cm×55cm　2014年

设色纸本

上图 天竹
23cm×55cm 2014年
设色纸本

下图 万寿菊
23cm×55cm 2014年
设色纸本

上图　小向日葵
23cm×55cm　2014年
设色纸本

下图　野蔷薇
23cm×55cm　2013年
设色纸本

上图　深情
23cm×55cm　2014年
设色纸本

下图　石桥岸边
23cm×55cm　2014年
设色纸本

上图　一夜情
23cm×55cm　2014年
设色纸本

下图　古藤绕老房
23cm×55cm　2014年
设色纸本

上图
梦里水乡
23cm×55cm 2014年
设色纸本

下图
江南好
23cm×55cm 2014年
设色纸本

上图　十五
23cm×55cm　2014年
设色纸本

下图　渔鹰唱晚
23cm×55cm　2014年
设色纸本

上图 三海棠
23cm×55cm 2014年
设色纸本

下图 构图之美
23cm×55cm 2014年
设色纸本

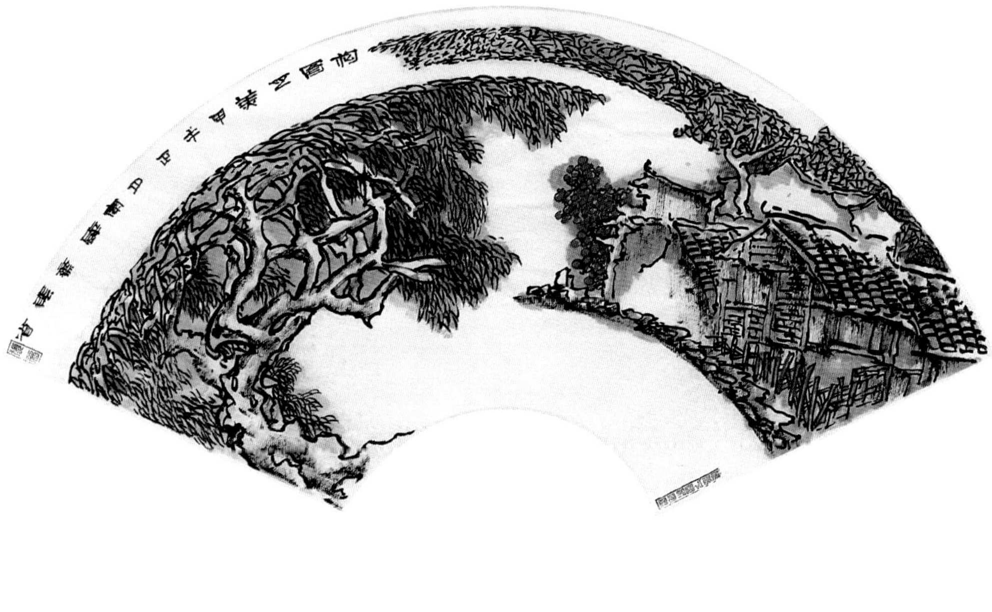

上图

泊

23cm×55cm　2013年

设色纸本

下图

故居的梦

23cm×55cm　2014年

设色纸本

上图　澄湖边景
23cm×55cm　2014年
设色纸本

下图　清　晨
23cm×55cm　2014年
设色纸本

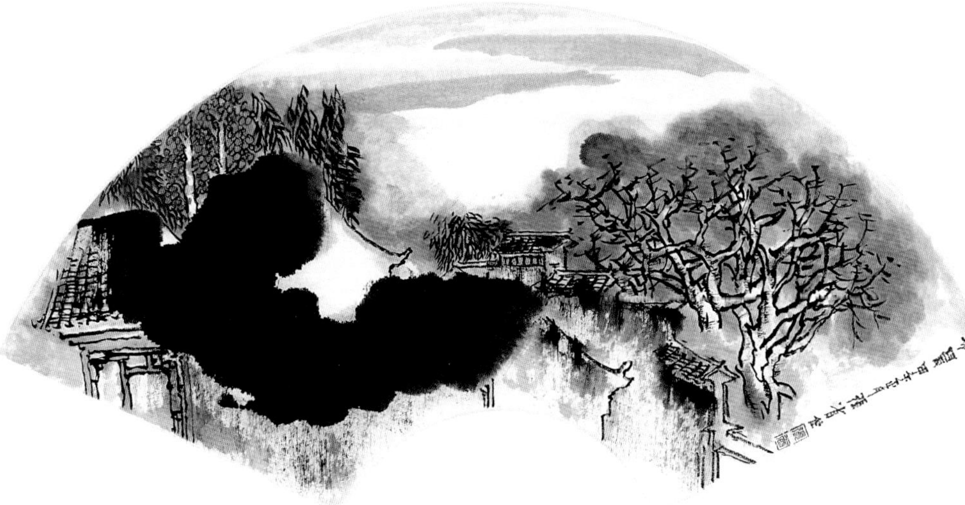

上图　渔舟静泊江南岸
23cm×55cm　2014年
设色纸本

下图　澄湖边
23cm×55cm　2014年
设色纸本

上图 澄湖一景
23cm×55cm 2014年
设色纸本

下图 青龙桥
23cm×55cm 2014年
设色纸本

上图 打渔
23cm×55cm 2014年
设色纸本

下图 家乡
23cm×55cm 2014年
设色纸本

上图　秋　声
23cm×55cm　2013年
设色纸本

下图　线与面
23cm×55cm　2014年
设色纸本

上图 故里
23cm×55cm 2014年
设色纸本

下图 河边的古藤
23cm×55cm 2013年
设色纸本

上图 双舟夜泊
23cm×55cm 2014年
设色纸本

下图 五保湖
23cm×55cm 2014年
设色纸本

上图　鱼　鹰

23cm×55cm　2014年

设色纸本

下图　山下有情

23cm×55cm　2014年

设色纸本

上图 江南岸
23㎝×55㎝ 2014年
设色纸本

下图 松林
23㎝×55㎝ 2012年
设色纸本

上图　旱曲图
23cm×55cm　2014年
设色纸本

下图　老舍
23cm×55cm　2014年
设色纸本

上图 旧 址
23cm×55cm 2011年
设色纸本

下图 渔舟港湾
23cm×55cm 2014年
设色纸本

上图　江河畔
23cm×55cm　2014年
设色纸本

下图　东山一角
23cm×55cm　2014年
设色纸本

上图　一帆风顺
23cm×55cm　2015年
设色纸本

下图　水乡天堂
23cm×55cm　2014年
设色纸本

一帆風順
張省

水鄉天韻
甲午五月於京華張省作

上图　观游
23cm×55cm　2014年
设色纸本

下图　凌塔
23cm×55cm　2014年
设色纸本

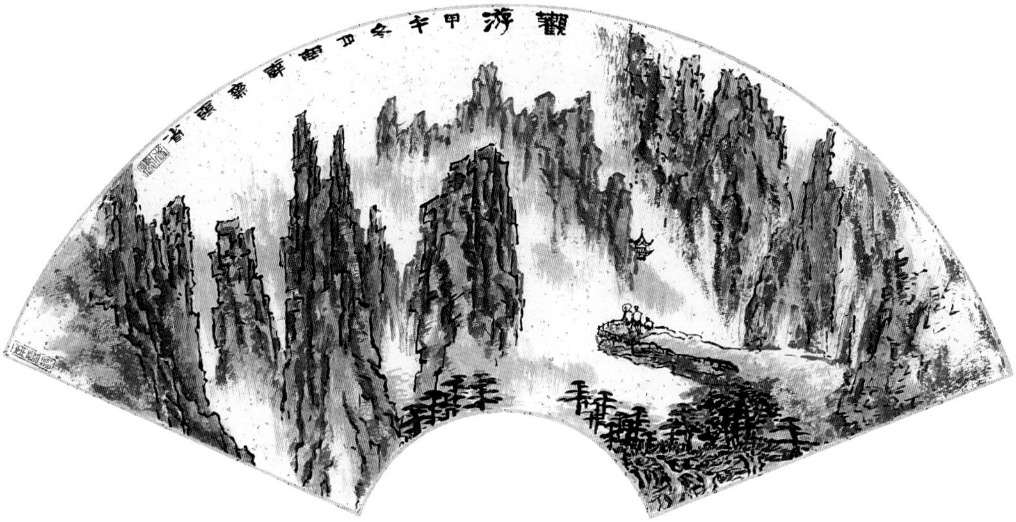

上图 长桥夜泊
23cm×55cm 2009年
设色纸本

下图 松瀑图
23cm×55cm 2010年
设色纸本

長街夜泊己丑年張溍作

松瀑圖庚寅年張溍作

上图 松阳山脉
23cm×55cm 2014年
设色纸本

下图 山殿
23cm×55cm 2014年
设色纸本

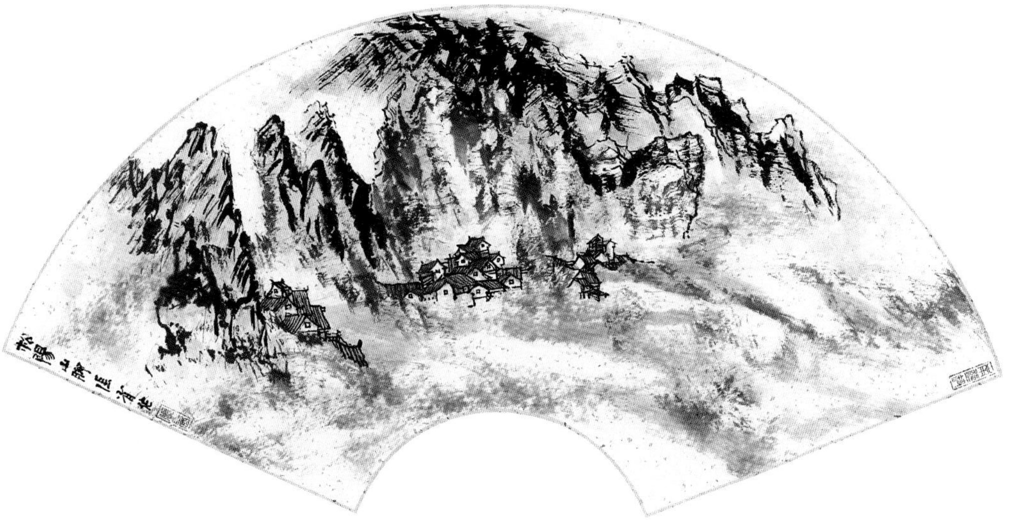

上图　石白岸
23cm×55cm　2009年
设色纸本

下图　归
23cm×55cm　2009年
设色纸本

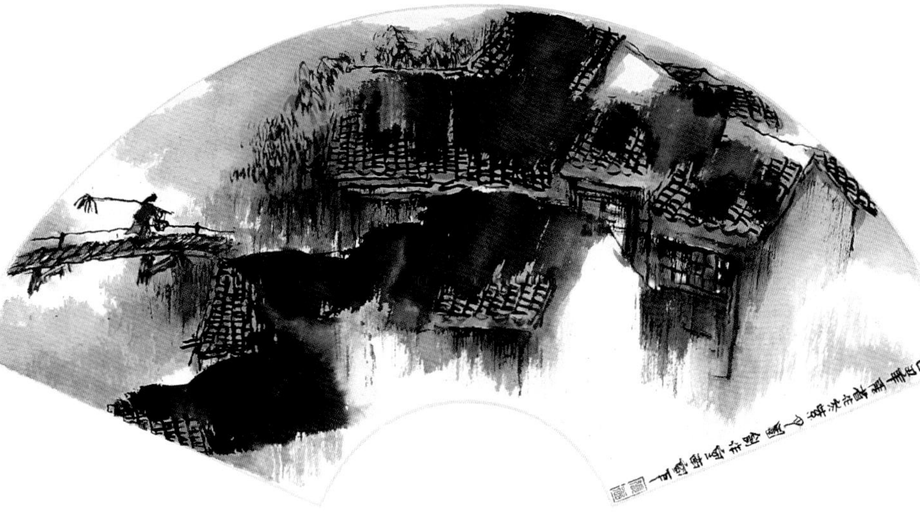

上图　双桥
23cm×55cm　2012年
设色纸本

下图　渔家乐
23cm×55cm　2010年
设色纸本

上图
凌塘桥
23cm×55cm 2009年
设色纸本

下图
枫桥夜泊
23cm×55cm 2009年
设色纸本

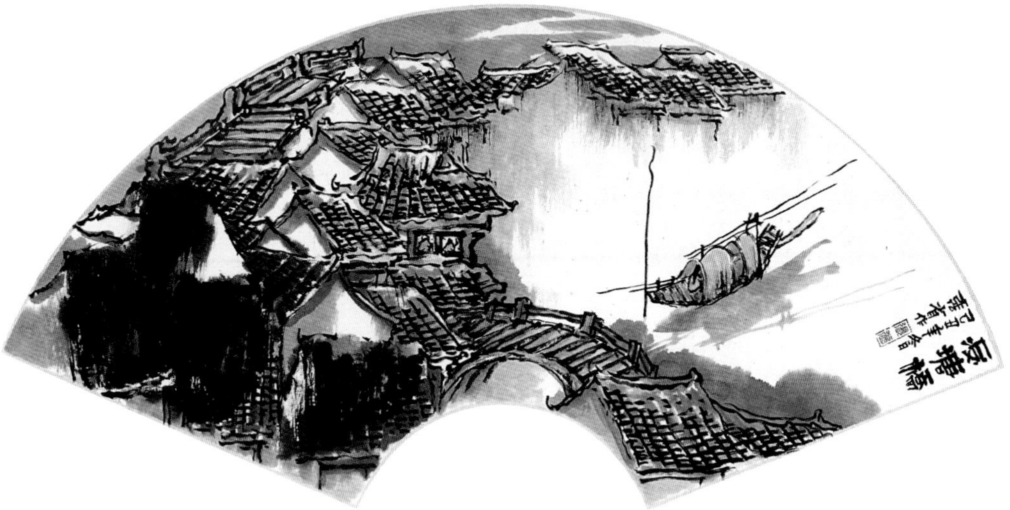

上图 晨曲图
23cm×55cm 2009年
设色纸本

下图 春 雪
23cm×55cm 2010年
设色纸本

上图 万古长青
23cm×55cm 2014年
设色纸本

下图 渔家乐
23cm×55cm 2014年
设色纸本

上图 知青
23cm×55cm 2009年
设色纸本

下图 芙蓉木廊
23cm×55cm 2010年
设色纸本

上图 早春
23cm×55cm 2009年
设色纸本

下图 渔舟晨曲图
23cm×55cm 2009年
设色纸本

上图　月落乌啼霜满天
23cm×55cm　2009年
设色纸本

下图　春　晓
23cm×55cm　2010年
设色纸本

上图　银　庄

23cm×55cm　2010年

设色纸本

下图　同年的梦

23cm×55cm　2009年

设色纸本

上图　廊棚
23cm×55cm　2010年
设色纸本

下图　泊
23cm×55cm　2009年
设色纸本

上图　息
23cm×55cm　2010年
设色纸本

下图　望子亭
23cm×55cm　2010年
设色纸本

上图　清　风
23cm×55cm　2009年
设色纸本

下图　江南烟雨
23cm×55cm　2010年
设色纸本

上图　除夕
23cm×55cm　2009年
设色纸本

下图　春风又绿江南岸
23cm×55cm　2009年
设色纸本

上图 春雪
23cm×55cm 2010年
水墨纸本

下图 渔村
23cm×55cm 2010年
设色纸本

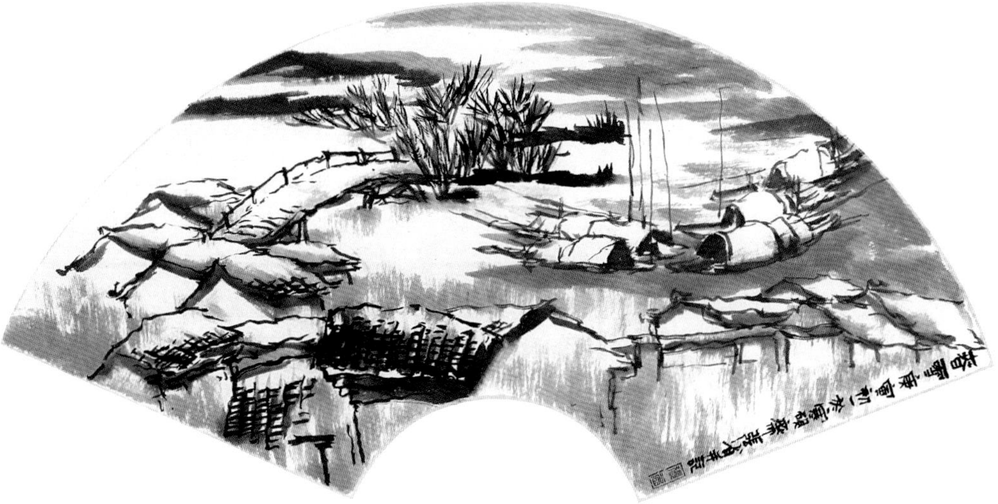

上图 深山云满屋
23cm×55cm 2010年
设色纸本

下图 高山秋色
23cm×55cm 2010年
设色纸本

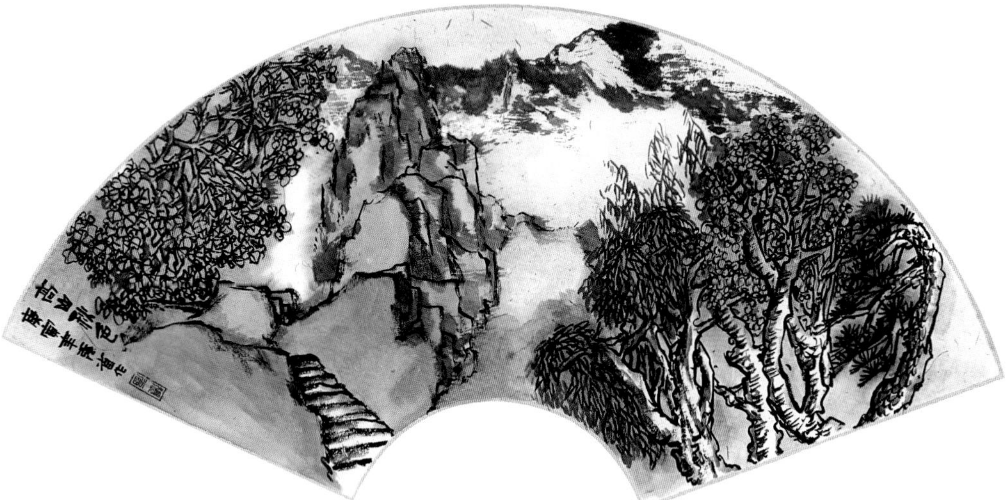

上图　渔舟晨曲
23cm×55cm　2009年
设色纸本

下图　淀山湖边
23cm×55cm　2009年
设色纸本

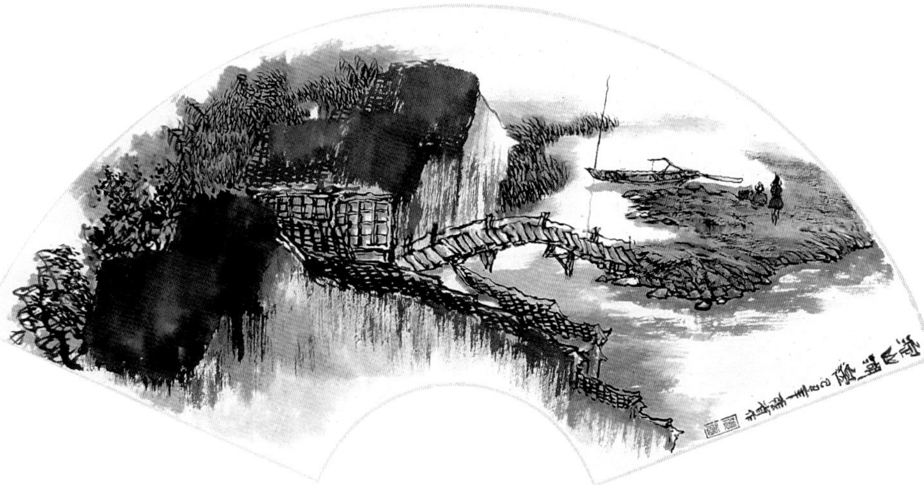

上图 轻江一曲抱春流
23cm×55cm 2009年
设色纸本

下图 绿树阴浓似酒
23cm×55cm 2010年
设色纸本

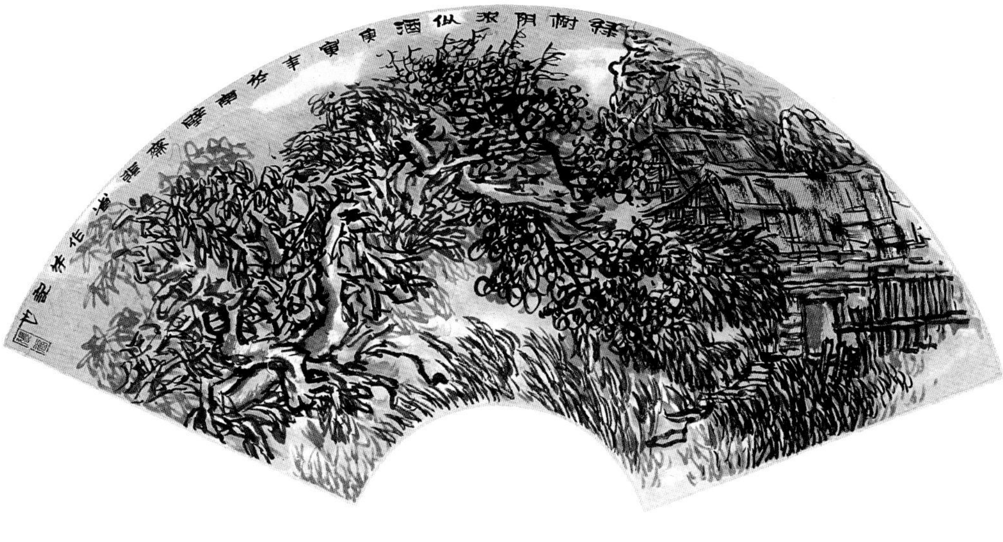

上图　明月清风
23cm×55cm　2009年
设色纸本

下图　雨蒙春色
23cm×55cm　2010年
设色纸本

上图 家 乡
23cm×55cm 2009年
设色纸本

下图 渔哥鸟鸣
23cm×55cm 2009年
设色纸本

上图 比翼飞
23cm×55cm 2009年
设色纸本

下图 春讯
23cm×55cm 2009年
设色纸本

上图　太湖春晓
23cm×55cm　2009年
设色纸本

下图　阳澄三月
23cm×55cm　2009年
设色纸本

上图
家乡
23cm×55cm 2009年
设色纸本

下图
塞门楼
23cm×55cm 2010年
设色纸本

上图 渔舟情
23cm×55cm 2011年
设色纸本

下图 王家村
23cm×55cm 2011年
设色纸本

上图 黄石寨
23cm×55cm 2010年
设色纸本

下图 大地
23cm×55cm 2011年
设色纸本

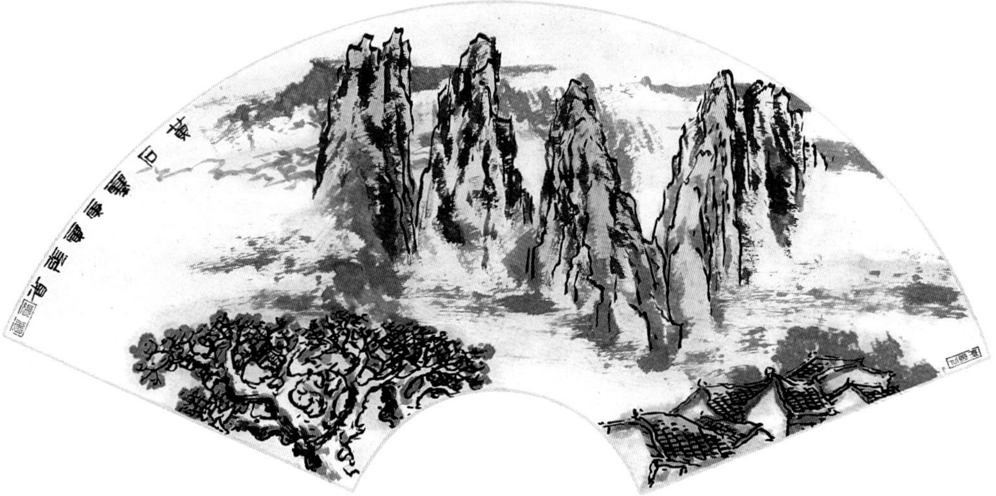

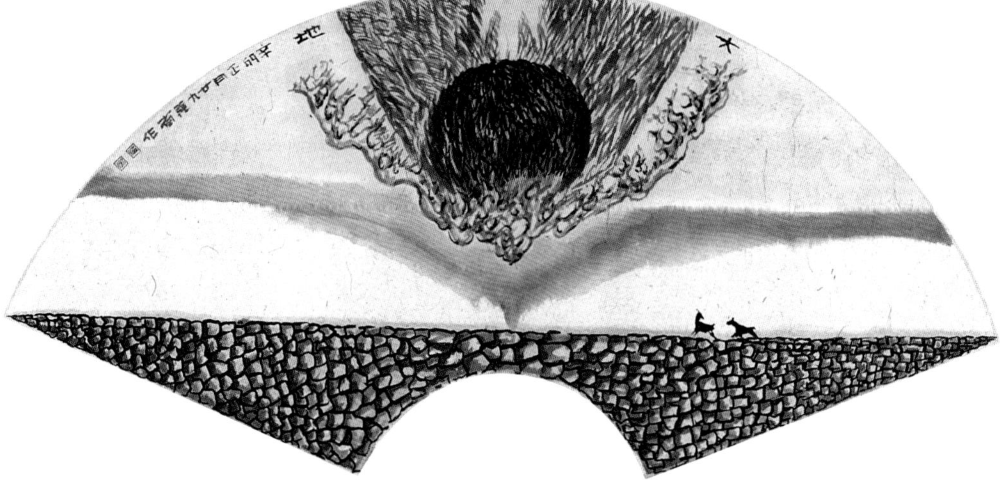

上图 古树旧房
23cm×55cm 2010年
设色纸本

下图 古藤的言语
23cm×55cm 2010年
设色纸本

古樹旧房

古藤的言語
庚寅冬日

上图　渔舟晨曲图
23cm×55cm　2010年
设色纸本

下图　乡音
23cm×55cm　2011年
设色纸本

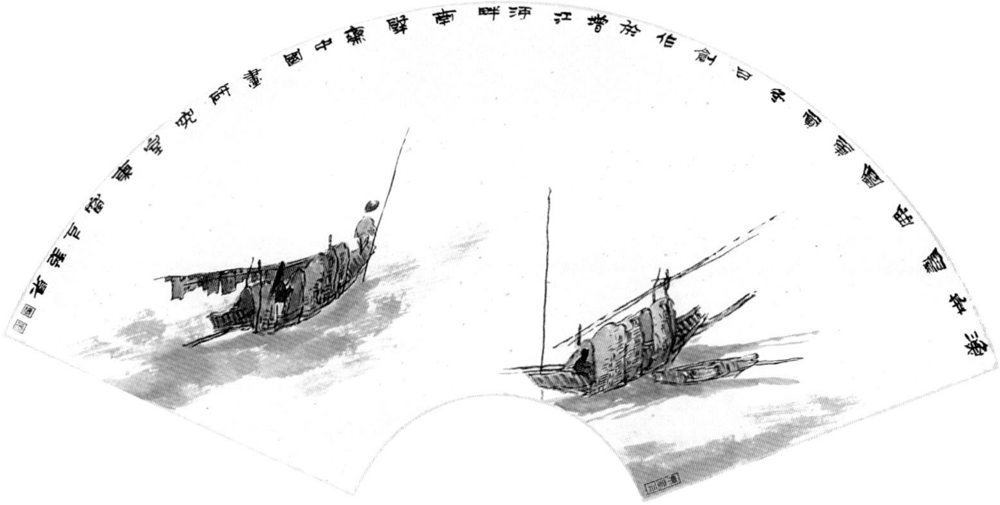

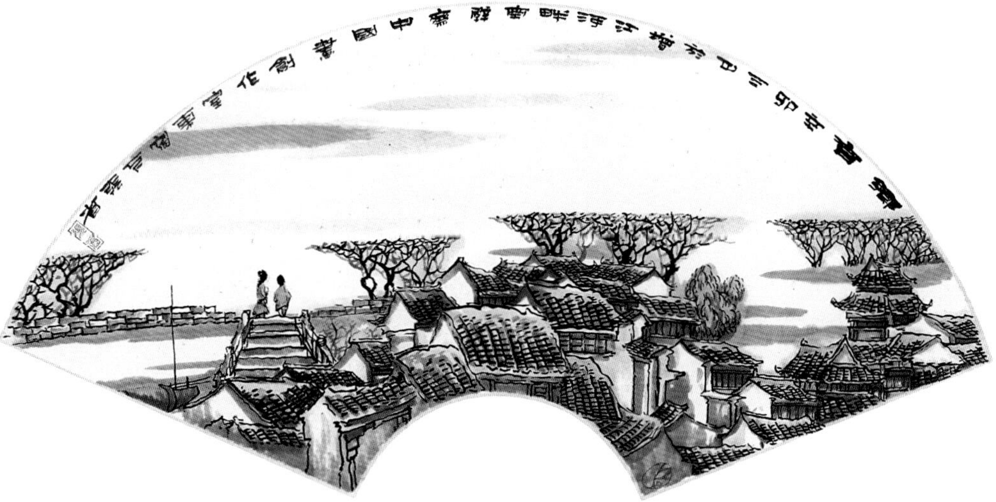

上图 千年古镇
23cm×55cm 2010年
设色纸本

下图 澄湖岸边
23cm×55cm 2010年
设色纸本

上图 渔家情

23cm×55cm 2010年

设色纸本

下图 思 念

23cm×55cm 2010年

设色纸本

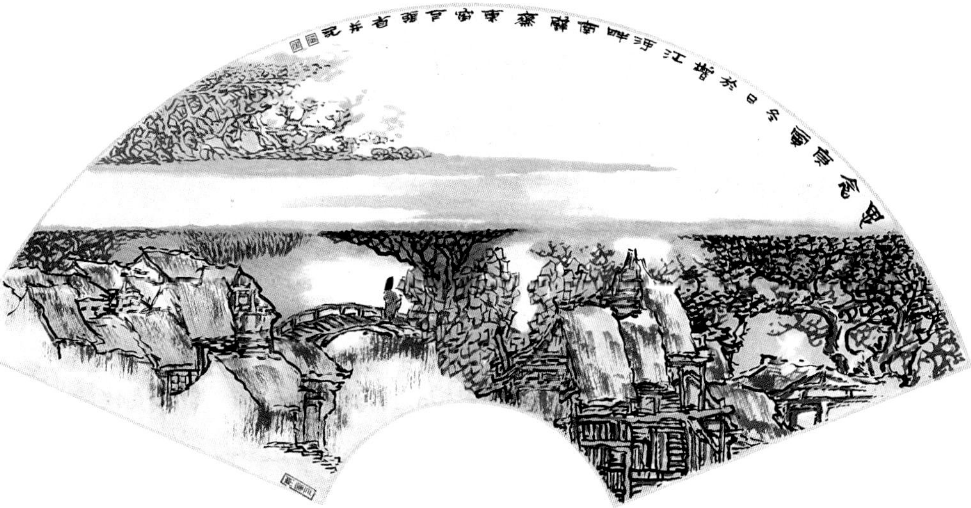

上图 庚寅深秋

23cm×55cm 2010年

设色纸本

下图 罗浮山下

23cm×55cm 2010年

设色纸本

庚寅深秋創作於中國東方書院羅浮山基地回憶家鄉而作張省

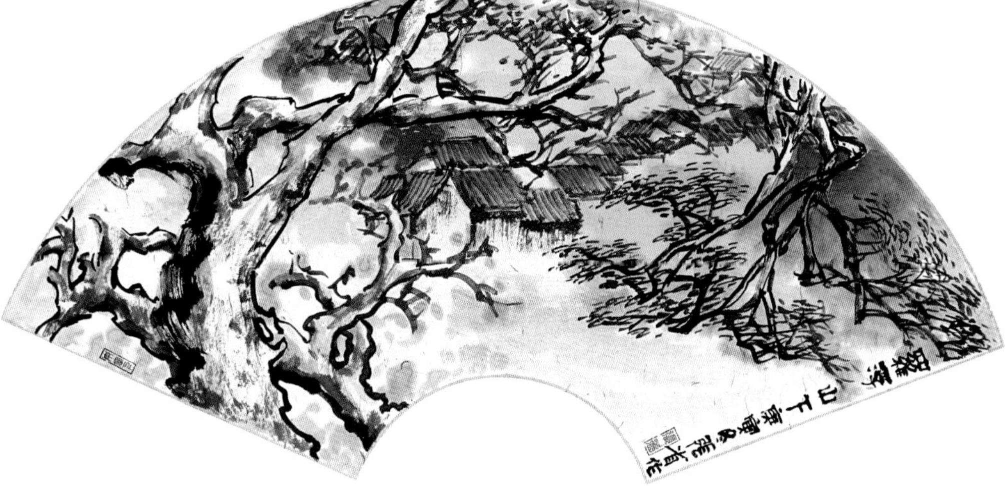
羅浮山下庚寅冬張省作

上图 神州水乡
23cm×55cm 2010年
设色纸本

下图 春雨绵绵
23cm×55cm 2010年
设色纸本

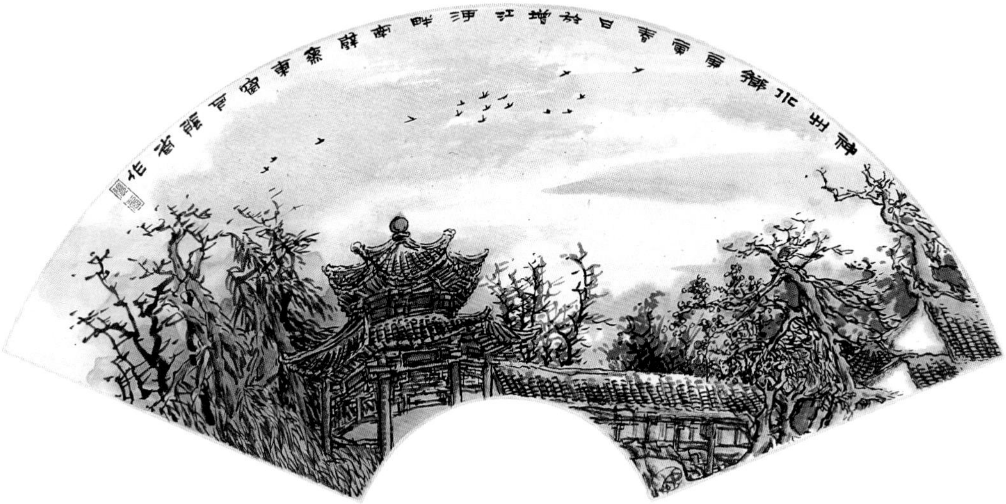

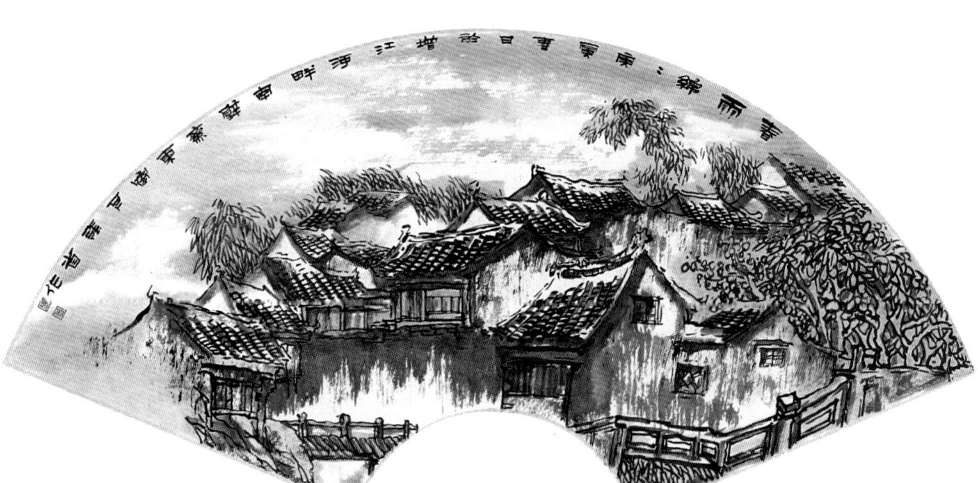

上图　绿 庄
23cm×55cm　2010年
设色纸本

下图　古树新枝
23cm×55cm　2010年
设色纸本

上图　清风明月
23cm×55cm　2011年
设色纸本

下图　人与自然
23cm×55cm　2011年
设色纸本

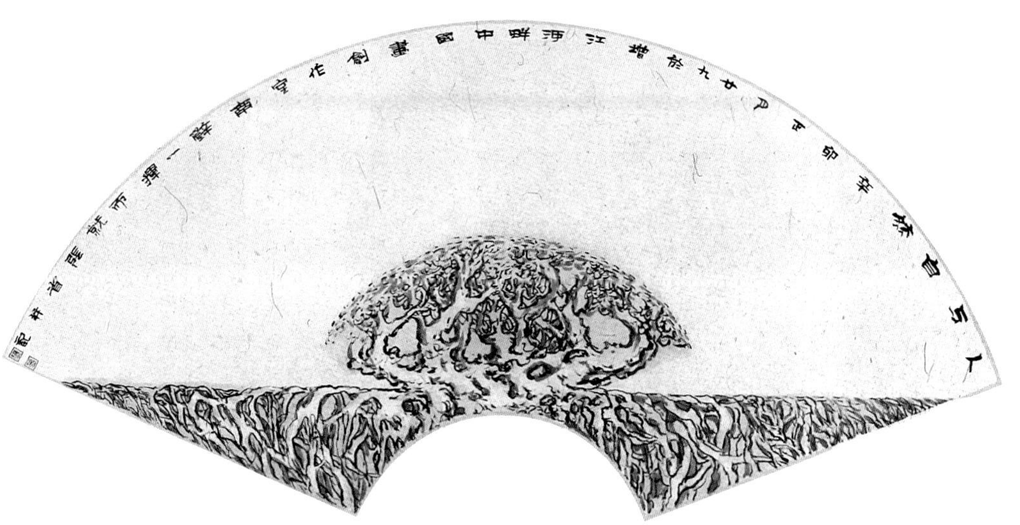

上图　四 季
23cm×55cm　2010年
设色纸本

下图　自然之美
23cm×55cm　2011年
设色纸本

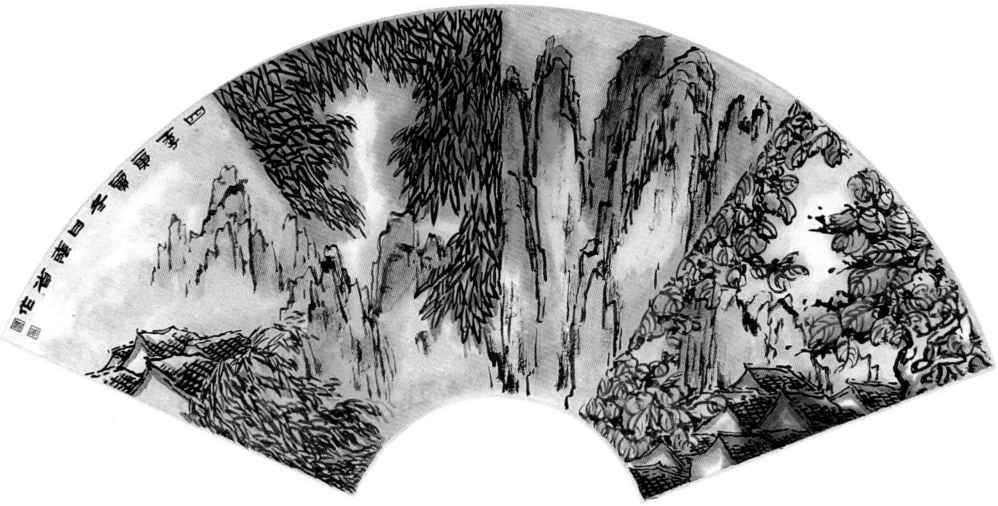

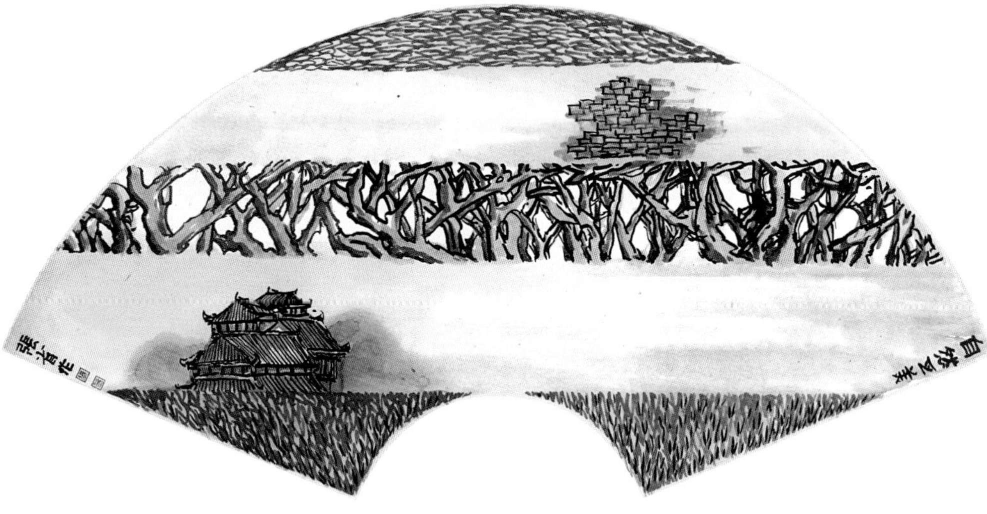
自然之美

上图　山谷
23cm×55cm　2010年
设色纸本

下图　水乡之子
23cm×55cm　2010年
设色纸本

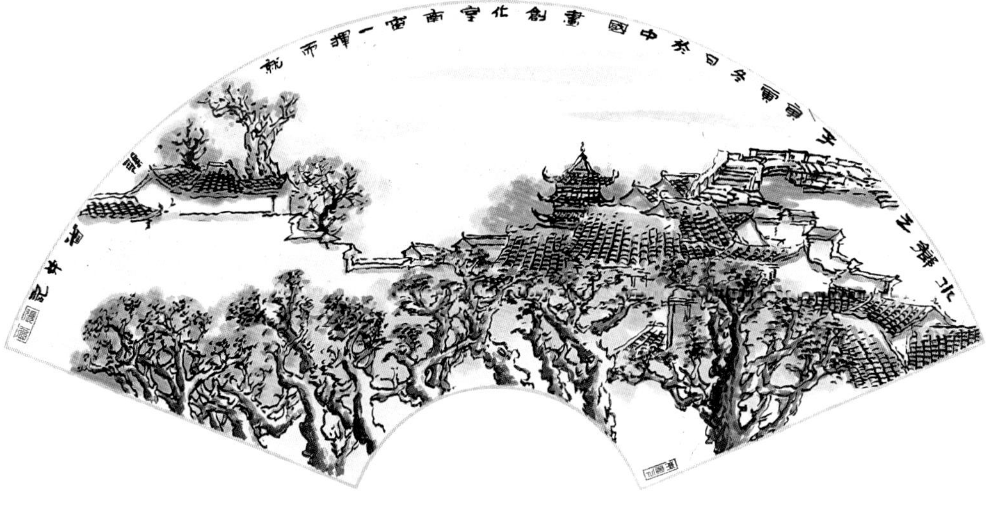

上图 秋 实
23cm×55cm 2013年
设色纸本

下图 农 庄
23cm×55cm 2013年
设色纸本

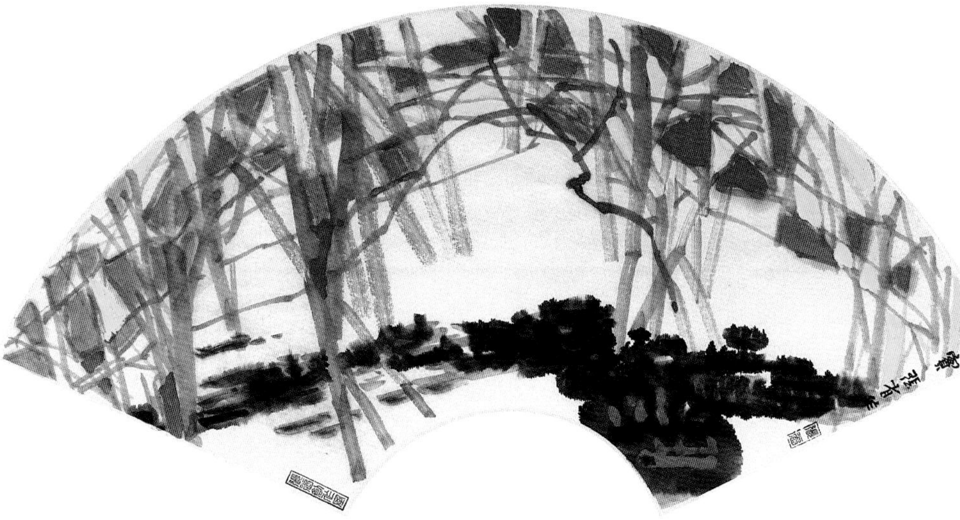

上图　动
23cm×55cm　2014年
设色纸本

下图　曲　线
23cm×55cm　2014年
设色纸本

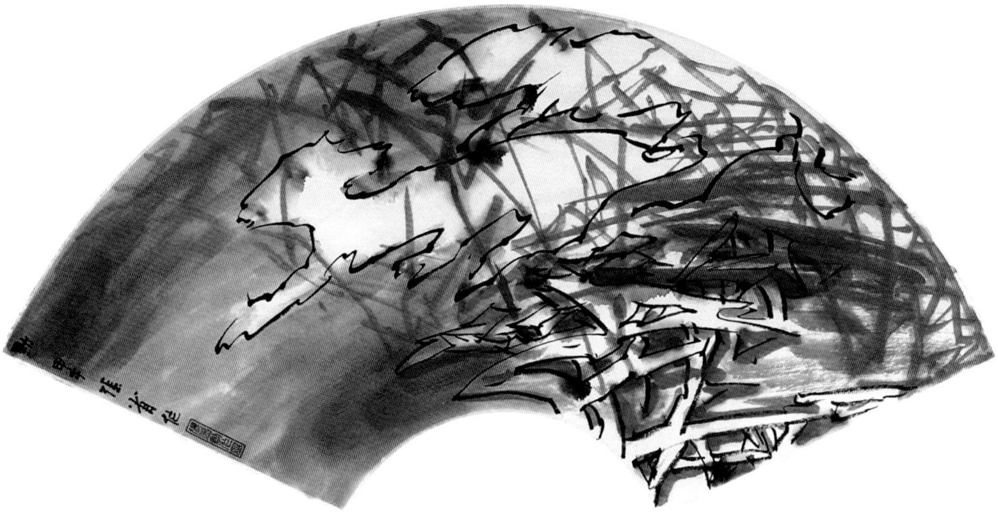

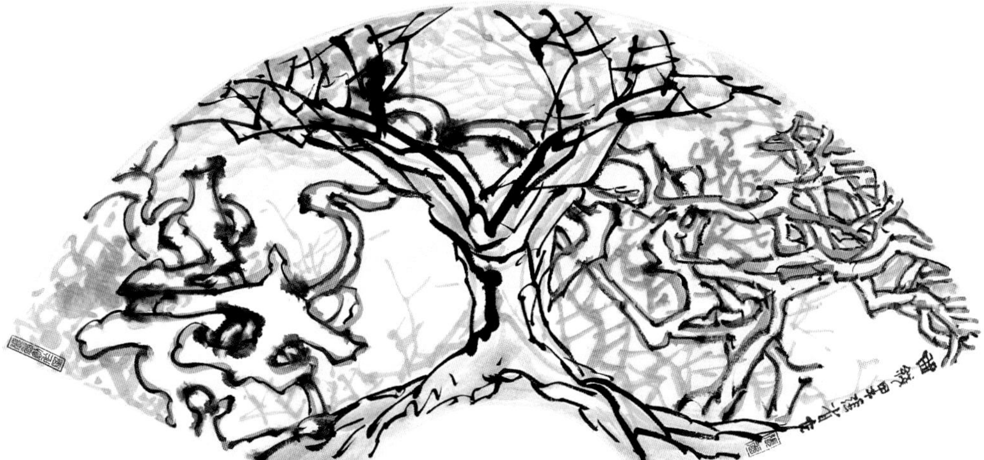

上图 炭色
23cm×55cm 2012年
设色纸本

下图 天地
23cm×55cm 2012年
设色纸本

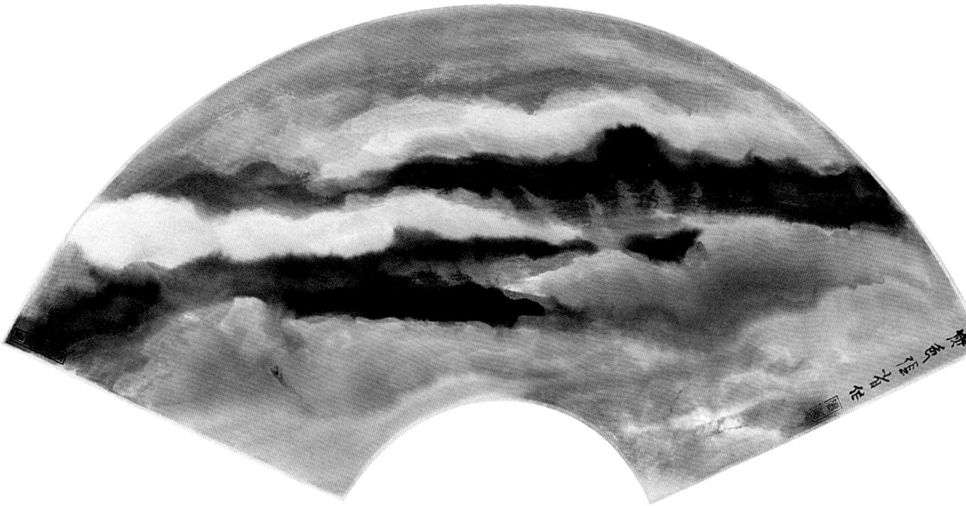

上图　天地一色
23cm×55cm　2013年
设色纸本

下图　天地人和
23cm×55cm　2013年
设色纸本

上图 夏日
23cm×55cm 2013年
设色纸本

下图 油花
23cm×55cm 2013年
设色纸本

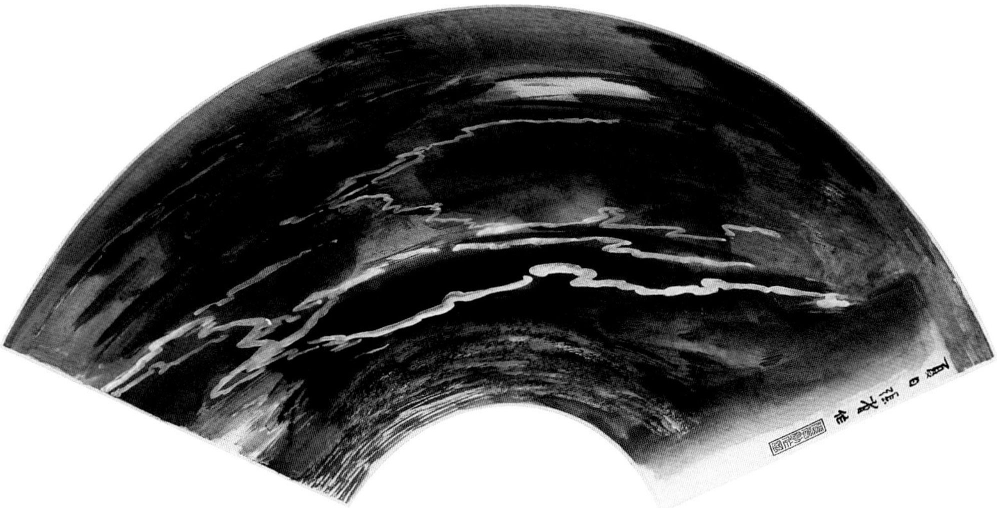

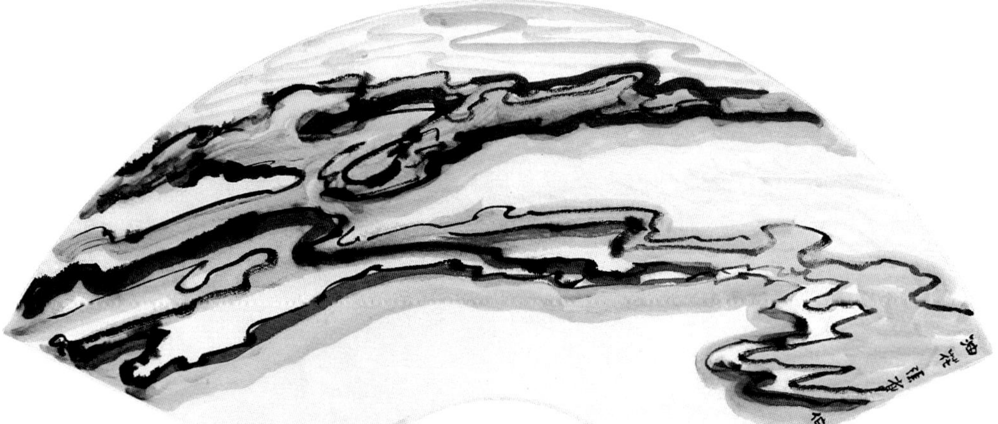

上图 波纹
23cm×55cm 2013年
设色纸本

下图 绿红之光
23cm×55cm 2013年
设色纸本

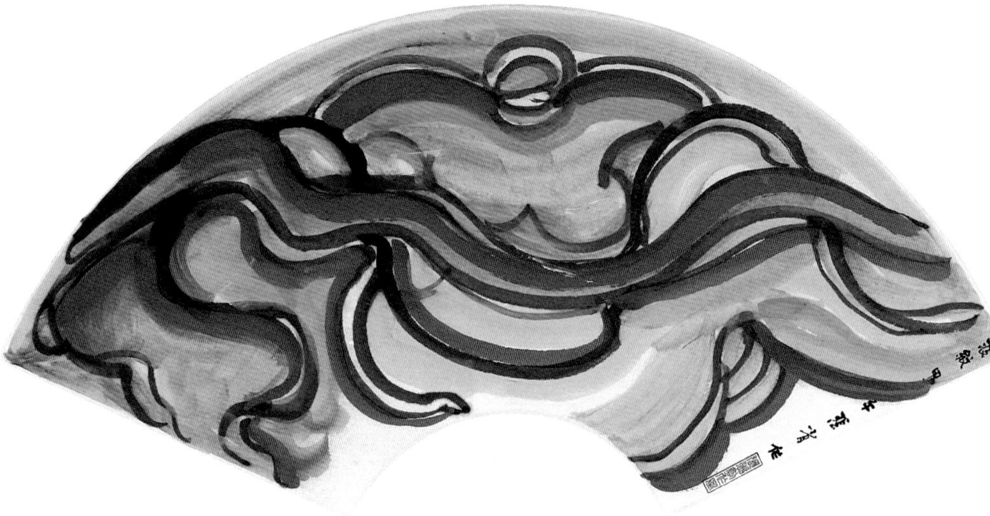

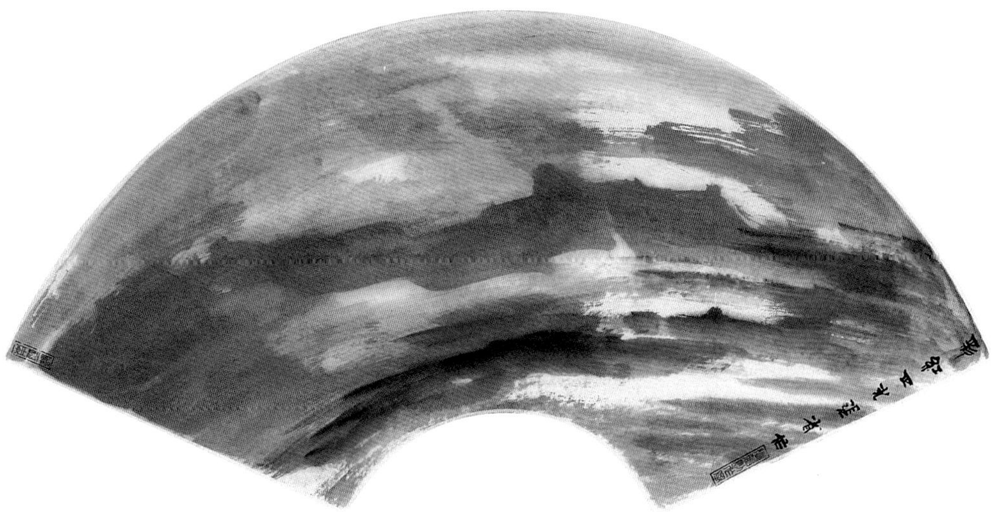

上图　变色
23cm×55cm　2013年
设色纸本

下图　心宽
23cm×55cm　2013年
设色纸本

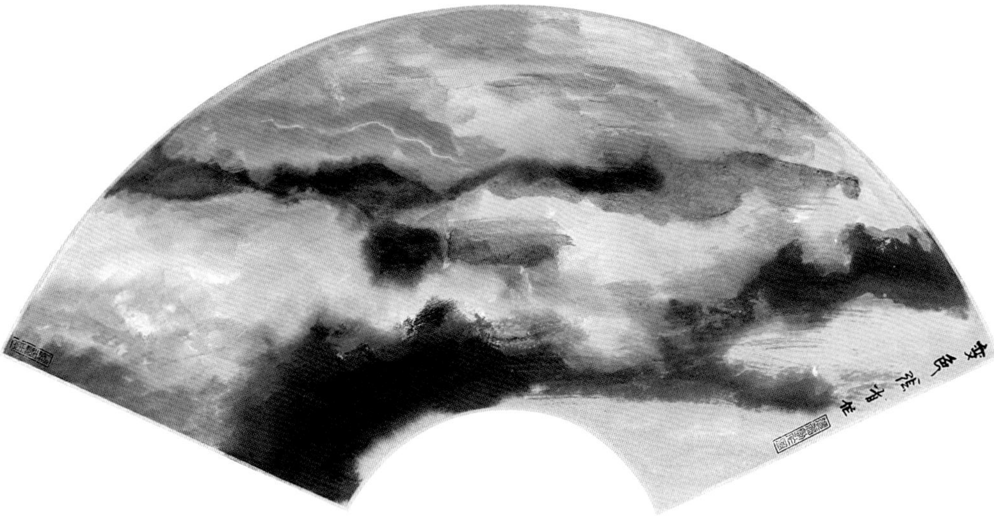

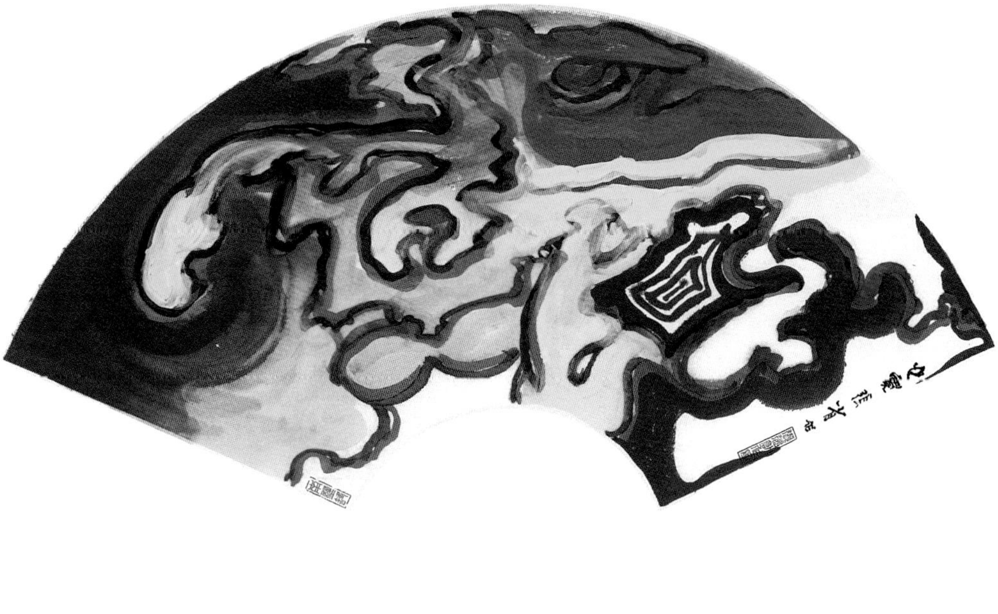

上图　硕　果
23cm×55cm　2012年
设色纸本

下图　家乡的风情
45cm×45cm　2015年
水墨纸本

上图 江南如画
45cm×45cm 2015年
水墨纸本

下图 龙云松
45cm×45cm 2015年
水墨纸本

上图 古城意境
45cm×45cm 2015年
水墨纸本

下图 河 边
45cm×45cm 2015年
水墨纸本

古城意境 霖肖作乙未

上图　太湖岸边
45cm×45cm　2015年
水墨纸本

下图　渔家情深
45cm×45cm　2015年
水墨纸本

上图　一舟夜长
45cm×45cm　2015年
水墨纸本

下图　渔舟夜泊
45cm×45cm　2015年
水墨纸本

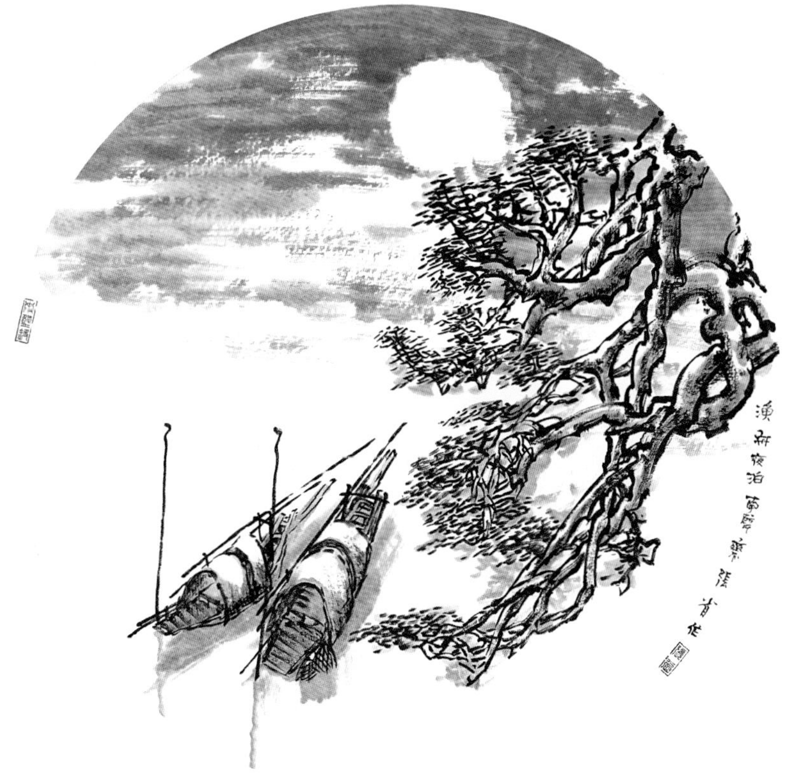

上图　自然之美
45cm×45cm　2015年
设色纸本

下图　笔墨之美
45cm×45cm　2015年
设色纸本

上图

梦 画

45cm×45cm 2015年

设色纸本

下图

爱护星球

45cm×45cm 2015年

设色纸本

多年来由天津人民美术出版社、上海三联出版社、上海文艺出版社、江苏美术出版社等先后出版了张省著作与教学美术教材40余种。

张省画集　工艺图案设计　张省画集　张省水墨画集　张省画选　素描　张省速写精选

葡萄　松树　静物　山水　荷花　水乡　鸟禽

疏果　紫藤　草虫　素描　平面构成　陶艺教程　素描

色彩　色彩　色彩　扇形书法艺术　张省风景速写　白描花卉人物　素描

人体速写　大学生书法字帖　钢笔风景速写　神笔墨意　神笔墨意I　神笔墨意II　书画家张省

书画八大家之一　画谱国画系列　张省画集　张省中国画集

张省画集I　张省画集II　中国当代著名书画家张省

1993年，张省请著名画家唐云评点作品

1997年，应艺术大师钱君匋邀请参加钱君匋艺术馆庆典，张省教授和乔石夫妇及钱老合影

2000年，张省教授和文化部部长孙家正于青海湖留影

1997年，应周庄政府邀请著名画家亚明和张省教授参加国际旅游节开幕式

1998年，张省陪同上海国画院院长、著名书画家程十发游览水乡古镇

2000年，中国书法家协会主席沈鹏与张省教授参加中国文联主办的“清莲颂”书画展，在北京美术馆开幕式留影

张省和艺术大师刘海粟

1993年，张省请老师陈大羽为作品题款

2005年12月6日，第二届中国美术家协会会员中国画精品展，中国美协副主席刘大为邀请中国著名画家张省教授参加开幕式合影

1996年，张省和美籍华人、著名油画家陈逸飞参加周庄国际旅游节

2007年11月6日，英国前首相布莱尔前来中国访问期间会见了著名画家张省教授，张教授中国画作品《硕果累累》作为国礼赠送给首相布莱尔